神奇柑仔店16

忍者薑片的正面對決

文 廣嶋玲子 圖 jyajya 譯 王蘊潔

目錄

START

序章

在一條神祕的小巷深處，有一家名叫「錢天堂」的小柑仔店。

這家柑仔店最近都沒有開門營業，直到今天，外出多日的老闆娘紅子才回到店裡，但是她臉上的表情很凝重，對著歡天喜地前來迎接她回家的金色小招財貓說：

「我很快又要出門了，差不多該好好對付那家研究所了，不能讓他們繼續妨礙我做生意，所以我想請你們幫忙，可以嗎？」

「喵嗚。」所有招財貓都異口同聲的回答，紅子聽了牠們的回應，臉上終於露出了笑容。

「謝謝，有你們幫忙，就能夠以一當百，不，是以一當千。」

紅子蹲在招財貓面前，和牠們詳細討論希望牠們做的事，以及她的需求。

「怎麼樣？你們有辦法做出來嗎？」

「喵嗚！」

「呵呵，我就知道你們最厲害，那就拜託你們了。」

「喵嗚？」

「不不不，考慮到你們開發商品需要一點時間，我不可能馬上採取行動，而且我得先想辦法，幫助那些因為研究所的冒牌零食而變得不幸的人。」

紅子再次露出凝重的表情。

「我看了他們擅自架設的『錢天堂』官網，他們做的事真是太過分了！我看了留言，發現那個研究所的零食，全都是為了讓客人變得不幸，真是太惡劣了，完全和本店的宗旨背道而馳。我無法忍受別人將那種劣質冒牌貨當成『錢天堂』的商品。」

紅子拍了一下手說：

「對了，黃豆和麻呂，你們跟我一起來。你們最擅長潛入各種地方，可以幫我很多忙。黃豆、麻呂，你們願意嗎？」

兩隻招財貓立刻跑到紅子面前。

紅子把兩隻露出調皮眼神的招財貓抱了起來，小聲對牠們說：

「那就請你們助我一臂之力。」

兩隻招財貓點了點頭，似乎在回答：「當然沒問題。」

1 好東西到手雞塊

信太在家門口玩，但他現在心情亂糟糟的，一點都不開心。

「小紀真是太討厭了！整天都囂張的說什麼自己最厲害，他有很多虎超人的周邊商品的確很厲害，而且賽跑可能也是他比較快……但是我也很厲害啊，只是現在還沒想到哪裡比小紀更厲害而已。」

信太嘟囔著，一個人在玩玩具車。這時，他的頭頂上出現了一道黑色影子。

信太抬頭一看，立刻倒吸了一口氣，因為一個高大的阿姨站在他的面前。

那個阿姨有著一頭白髮，臉蛋圓潤豐腴，身上穿了一件古錢幣圖案的紫紅色和服。信太認識這個阿姨，因為他們不久之前才見過面，而且這個阿姨是那種只要見過一次，就不可能輕易忘記的人。

信太傻傻的看著對方，阿姨則笑著對他說：

「上次謝謝你，你後來還好嗎？頭蝨都消滅乾淨了嗎？」

「嗯，但現在還是要擦藥。」

信太想起之前因為這件事，搞得全家雞飛狗跳，露出了沮喪的表情。

那是一個月前的事。雖然不是眼前這個阿姨，但有一個和她一樣滿頭白髮，穿著紫紅色和服的阿姨，送給信太一瓶「超乾淨綠茶」，還告訴他只要喝下那瓶綠茶，即使不洗澡，全身也會散發出香皂香噴噴的味道。

信太樂不可支，連續好幾個星期都沒洗澡。但「超乾淨綠茶」的效果並不包括清潔，只能讓身體發出香噴噴的味道而已。

信太因為太久沒有洗澡，身體越來越髒，結果頭髮竟然長滿了頭蝨。

媽媽帶信太去看醫生後，回家幫他剃光了頭髮，還擦了大量的藥。當然他也被爸爸、媽媽狠狠罵了一頓，簡直禍不單行，真是被那瓶綠茶害慘了。

信太看到眼前的阿姨，忍不住又想起那件往事。他垂下眼睛，小聲的問：

「你今天來這裡幹麼？」

「我是來向你道謝的。」

「道謝？」

「對，你上次不是告訴我很多關於送你『超乾淨綠茶』的阿姨的事情嗎？為了向你道謝，我可以為你實現一個心願。你有沒有什麼願望？」

阿姨用甜美的聲音詢問，但信太用力搖著頭。他上次真的被害得很慘，雖然這個阿姨的話很誘人，但他不想再犯相同的錯誤。

「如果我又收下陌生人送的零食……然後發生奇怪的事，媽媽一定會把我打死。」

「嗯，你說的話很有道理。陌生人送的東西，可能真的很危險。那好吧，我這次就像耶誕老人一樣，悄悄送禮物給你，這樣你就可以放心了。」

「是嗎？」

「是啊，好了，現在說說看你有什麼心願？你希望每天都可以不洗澡嗎？」

「不，我決定要每天洗澡，因為媽媽現在管得很嚴，而且我也不希望再長頭蝨。嗯……我想要贏過小紀。」

信太想起小紀的事，用力咬著嘴脣。

「幼兒園裡有一個我討厭的同學，他叫小紀，每次都炫耀自己有很多好東西。明天幼兒園要去挖地瓜，我不想輸給他，我一定要挖到比他更大的地瓜。」

「原來是這樣，我明白了，你是想要擁有比他更好的東西。」

阿姨笑了笑說：

「有一款很適合你的商品，我把它送給你當禮物。明天早上，記得看枕邊。啊，對了對了，請你記住『分享幸福，可以獲得更大的幸福』這句話。」

「這是什麼意思？」

「請你妥善使用正牌『錢天堂』的商品。」

阿姨說完，無聲無息的離開了。

信太覺得剛才發生的一切好像在做夢。那個神奇的阿姨，剛才真的來過這裡嗎？

「如果是真的……明天早上，我就會收到禮物吧？」

信太突然期待起來，於是決定回家。

那天晚上，信太做了一個夢。夢裡有兩隻體型只有老鼠般大小的貓，牠們全身都是金毛，扛了一個小袋子，放在信太的枕頭旁。

隔天早上，信太起床時，忍不住輕輕叫了出來。真的有禮物！枕頭旁邊有一個小塑膠袋，上面寫著「好東西到手雞塊」。

「那個阿姨真的送了禮物給我。家裡的門窗都鎖著，她真的像耶

誕老人一樣把禮物送上門了。既然這樣，就代表我可以收下這份禮物。」信太這麼說服自己，打開了塑膠袋。

袋子裡有三塊小雞塊，散發出大蒜的香氣。信太聞到味道，肚子發出了咕嚕咕嚕的叫聲。

信太原本就很愛吃雞塊，而且他從來沒有看過這麼讓人垂涎三尺的雞塊。雖然知道等一下就要吃早餐了，但他還是忍不住想吃。

信太大口咬了起來。

「好吃！」

雞塊有醬油和大蒜味，雖然不是剛炸出來的，但外皮很酥脆，真的好吃極了。信太狼吞虎嚥的把雞塊吃完了。

啊，太好吃了。這麼好吃的雞塊，再吃十塊也沒問題。

他舔著油油的手指再三回味，並且注視著空袋子。袋子上寫了密密麻麻的字，到底寫了什麼呢？

信太拿著袋子走去隔壁房間。媽媽不在房間內，但爸爸仍然躺在被子裡打呼。

信太把爸爸搖醒，並把袋子放在他的面前問：

「爸爸，你醒醒，這上面寫了什麼？」

「嗯？什麼？」

「你幫我看嘛，快嘛、快嘛、快嘛！」

「嗯，好、好啦。呃……只要吃了『好東西到手雞塊』，你就可以隨時得到好東西。如果得到的是你並不想要的好東西，記得和別人分享，絕對不可以起壞心眼……這是什麼？」

「沒什麼。」

信太立刻含糊的掩飾過去，這時，他聽到了媽媽的叫聲。

「信太！該起床了，今天幼兒園不是要挖地瓜嗎？」

喔，對了，今天要挖地瓜。如果「好東西到手雞塊」真的有用，那他今天就會挖到最大的地瓜，讓小紀羨慕死。

信太興奮得雙眼發亮，衝出了房間。

他吃完早餐，換好衣服，精神抖擻的坐上幼兒園的娃娃車。今天的娃娃車不去幼兒園，而是直接去地瓜田。同學們在娃娃車上都興奮得不得了。

這時，坐在信太後方的小紀戳了戳他說：

「信太，你應該很清楚，我是第一名。」

「才不是呢！」信太反駁他，「今天是我會贏，我會挖到最大的地瓜！」

「不可能，不可能。」小紀滿臉不屑的說：「如果你真的挖到最大的地瓜，我就把我的虎超人杯子送給你。」

「真的嗎？」

信太喜出望外，因為他之前就很羨慕小紀有那個杯子。

「我們一言為定，我一定要讓你送我那個杯子。」

「那你得先贏過我。」

小紀看到信太的態度和平時不一樣，似乎有點心虛。信太看了，忍不住笑了起來。

「你放心，今天絕對是我贏。」

「因為我已經吃了『好東西到手雞塊』。」信太在心裡嘀咕著，很希望趕快去挖地瓜。

娃娃車終於來到了地瓜田。同學們一下車就大聲歡呼著跑向田裡，每個人都想挖到大地瓜。

是哪一個呢？哪一個地瓜最大？莖很粗，長了很多地瓜葉的，下面的地瓜應該也很大。

信太睜大眼睛，鎖定目標之後，用力拔了出來。他接連挖出很多地瓜，但是遲遲找不到特大號的地瓜。

這時，他聽到老師大聲的說：

「哇，小紀！你挖到了這麼大的地瓜啊！」

信太難以置信，回頭看向後方，發現小紀一臉得意，雙手高舉著地瓜。

那個地瓜好大！差不多有橄欖球那麼大，無論怎麼看，都像是地瓜王。信太大受打擊，頓時說不出話來。

「我輸了，不可能再找到比那個更大的地瓜。不，不能放棄，要相信『好東西到手雞塊』的威力。」自己在吃的時候就感覺到了，那是魔法食物，絕對可以實現自己的心願。

信太努力擺脫可能輸給小紀的不安，準備拔起旁邊的地瓜。

這時，信太發現有什麼東西藏在蓋住地瓜的地瓜葉中。它既不是雜草也不是樹枝，而是某個淡茶色的東西。

當信太發覺那是什麼東西時，立刻衝了過去。

「太棒了、太棒了、太棒了！」

大家聽到信太的歡呼聲，紛紛聚集過來。

這一天，信太並沒有挖到最大的地瓜，但是，他撿到了一根漂亮的羽毛。那根羽毛長度超過二十公分，而且外形完好無缺，非常完美。

管理地瓜田的叔叔告訴他：「這是白尾海鵰的撥風羽。」

「弟弟，你太厲害了，白尾海鵰很少來這裡，而且狀態這麼完美的羽毛很難得一見，你太幸運了！」

「所以這是寶物嗎？」

「對啊，當然是啊。」

其他同學聽到叔叔的話，紛紛露出羨慕的眼神，探出身體。

「信太，你太厲害了！」

「給我看一下！我想好好看清楚！」

「我也想看！」

大家七嘴八舌的圍過來，想看信太撿到的羽毛，根本沒有人在意小紀挖到的大地瓜。信太看到小紀一臉不甘心的表情，心情格外

暢快。他同時發現一件事，原來「好東西到手雞塊」真的效果十足。

那天之後，信太經常被其他同學羨慕。

和家人一起去露營，只有他釣到大魚，而且還看到了流星；在公園撿橡實時，他也撿到了最大顆的橡實；秋季廟會撈金魚時，他撈到了唯一的一隻烏龜。

這一切都是「好東西到手雞塊」的功勞。信太越想越高興。

有一天，信太跟著媽媽一起去商店街買菜，剛好看到玩具店門口在舉辦抽獎。其中，三獎是信太最喜歡的虎超人皮帶。

「我想要。」信太興奮了起來。

自己有「好東西到手雞塊」的威力加持，絕對要抽中三獎。他央求媽媽讓他參加抽獎。

信太「嗨喲」一聲，從箱子裡抽出一張三角籤，上面寫著……

「哇，頭獎！恭喜你得到頭獎，你抽中了頭獎！」

玩具店老闆大聲吆喝，並且搖著手上的鈴鐺。在商店街民眾的掌聲中，老闆把頭獎——兒童腳踏車遞給信太。

「信太，你真厲害！」媽媽這麼對他說，但是信太一點也不高興。「好東西到手雞塊」覺得腳踏車才是好東西，所以才會讓他抽到這個獎品，但是他想要的是虎超人皮帶，才不是什麼腳踏車。信太有點想哭。

「為什麼是你抽中？笨蛋！」

信太突然聽到有人在罵他，於是轉頭一看，發現小紀站在人群中。小紀的淚水在眼眶中打轉，惡狠狠的瞪著他。小紀的媽媽急忙數落他，但小紀的雙眼簡直快噴火了。

信太恍然大悟，原來小紀想要這輛腳踏車。

自己得到了小紀想要的東西，讓信太的心情突然好了起來。仔細想一想，就覺得腳踏車可能真的很棒。

於是，信太對快哭出來的小紀露出笑容，接過了腳踏車。但是，當他回到家想要騎車時，媽媽制止了他。

「這是大齡兒童的腳踏車，你要到三年級的時候才能夠騎。」

「啊啊！怎麼會這樣！」

對信太來說，現在不能馬上玩的玩具根本沒有意義。他的內心再次湧起了失望。這時，他想到了小紀。小紀為什麼想要這輛腳踏車？他不是也不能騎嗎？

隔天，信太和媽媽一起等幼兒園的娃娃車時，小紀的媽媽和哭腫臉的小紀迎面走了過來。

小紀一看到信太，立刻吐著舌頭扮鬼臉。信太向他說「早安」

時，他也不理不睬。

小紀的媽媽數落了他，然後向信太和媽媽道歉。

原來小紀有一個哥哥，哥哥的生日快到了，小紀很愛哥哥，所以摩拳擦掌，打算在抽獎時抽到那輛腳踏車，送給哥哥。

沒想到信太先抽到了那輛腳踏車，所以他很生氣，到現在仍然在為這件事悶悶不樂。

「真是傷腦筋，即使他去抽獎，也沒辦法知道能不能抽到自己想要的東西。信太，你不用理他。」

小紀的媽媽用開朗的語氣這麼說，但是信太聽了心情有點煩悶，而且這種感覺一直跟著他，即使和同學一起玩，或是吃了午餐，仍然無法擺脫這種煩悶感。

所以，從幼兒園放學回家後，信太一直在思考，要怎麼消除這種奇怪的感覺。

隔天，信太坐在幼兒園的娃娃車上，小紀重重的在他旁邊坐了下來，然後板著臉，把某個東西塞到了信太手上。

「這個給你。」

那是信太一直夢寐以求的虎超人杯子。

「你、你要送我？」

「嗯，昨天謝謝你，我哥哥收到那輛腳踏車超開心。」

「是嗎？太好了。」

沒錯，信太後來把那輛腳踏車送給了小紀。他覺得既然不是自己想要的東西，留著也沒用，還不如送給真正想要的人。

但是，他完全沒想到，因為自己這麼做，反而得到了虎超人的杯子。這次他覺得自己真的獲得了好東西。

這時，信太突然想到一句話：「分享幸福，可以獲得更大的幸福。」原來那個高大、神奇的阿姨說的話是這個意思。

信太忍不住笑了起來，小紀對他說：

「但是，我下次不會輸給你。下次撿栗子時，我要得第一！」

聽到小紀這麼說，信太也不甘示弱的反駁：

「那怎麼行？下次我也一定會得到很厲害的東西！」

「那我們來比賽！」

「好啊！那就來比賽！」

信太和小紀就像平時一樣，在娃娃車上鬥嘴。

竹塚信太，六歲的男生。之前拿了研究所的「超乾淨綠茶」。

2 化妝蘋果

「唉唉！為什麼會這樣？」

光織坐在鏡子前面，忍不住發出煩躁的嘆息。

剛起床的她，在鏡子中看到一張浮腫的臉。眉毛亂七八糟，氣色很差，眼皮浮腫，臉上的褐色黑斑也格外明顯。

對三十二歲的女生來說，光織的皮膚狀態真的很差，必須趕快化妝。要先用粉底遮住黑斑，然後把眉毛梳整齊，再抹上腮紅和口

紅。啊啊，還要用吸油面紙把鼻頭的油吸一下。

問題在於光織沒有時間做這些事，因為她趕著出門上班，否則就要遲到了。最後，她只能隨便擦一下粉底，胡亂塗上口紅，就趕著出門了。

總算趕上了公車，但她還是很在意自己的臉。

「我現在的臉一定很醜，尤其是臉上的黑斑！如果不仔細擦上粉底遮蓋，黑斑就會很明顯。等一下到了公司，我要先去廁所補妝。唉唉，拜託，希望不要有人看到我。」光織覺得很丟臉，所以把頭低了下來，同時感到很生氣。

為什麼會這樣？明明不久之前，她還覺得人生很美好，一切都很順利。

沒錯，不久之前，光織早上根本不需要花時間化妝，因為她喝了很神奇的茶——「素顏美女茶」。

光織心情沉重的想起兩個月前發生的事。

那時候，光織也在煩惱化妝的事。

二十多歲時，每天出門只要擦一點口紅就足夠了。沒想到三十歲之後，光織就必須花很多時間化妝、遮瑕，否則看起來就像鄉下的大嬸。她覺得自己不化妝時很醜，不化妝根本不敢出門。

所以，光織每天早上都很忙。做完便當、換好衣服後，必須坐在鏡子前一個勁的化妝，通常要花費二十分鐘。

只要稍微晚一點起床就慘了。為了避免上班遲到，她經常來不及吃早餐。

光織漸漸厭倦了這樣的生活。如果可以省下二十分鐘的化妝時間，她就可以好好喝一杯咖啡，也可以稍微看幾頁書。

她覺得化妝實在太浪費時間，但又沒辦法節省下來。

光織為這件事倍感壓力。這一天，她在搭公車上班時，忍不住嘀咕了一句：

「啊，真希望可以不用化妝。」

這時，坐在她前面的女人突然轉頭對她說：

「沒錯，化妝真的很麻煩。」

「啊？」

那個女人穿了一件古錢幣圖案的衣服，頭髮染成白色，臉上的妝容很自然，難以分辨她到底幾歲。

不知道她花多少時間，才能化出這樣的妝。光織想著這件事，露出敷衍的笑容說：

「是啊，尤其是趕時間的時候，真的覺得超麻煩。」

「呵呵，我以前也這麼覺得，但是現在因為某種原因，解決了這個問題。不瞞你說，我現在沒有化妝。」

「啊？」

光織目不轉睛的看著那個女人的臉。女人的臉頰和嘴脣看起來氣色都很好，眉毛很整齊，臉上完全沒有任何斑點，看起來像是化了淡妝。

但是，那個女人堅稱自己沒有化妝。

「我沒騙你，因為我喝了『素顏美女茶』。」

女人說完，從皮包裡拿出一個寶特瓶。寶特瓶上寫著「素顏美女茶」，裡面裝了像是麥茶的棕色飲料。

女人對光織說了聽起來很不可思議的事。她說這瓶茶是魔法飲料，只要喝了這瓶茶，氣色就會變好，嘴唇的顏色也會變得好像擦過口紅一樣，即使沒化妝，看起來也像是化了淡妝。這是最近新開發的商品，如果光織有興趣，可以特別提供給她試用。

「因為是試用品，所以可以免費送給你。本店的店名是『錢天堂』，目前正在積極拓展新的客人，所以四處向客人行銷。怎麼樣？你想試喝看看嗎？」

素顏美女茶

現在回想起來，才覺得那個女人說的話很不可信，而且也讓人覺得很可疑。

但是，當時看到那個女人的好氣色，還有紅潤的嘴脣，光織內心開始動搖，覺得這瓶茶也許真的有效。如果真的能像她說的那樣……或許值得喝看看。

「那、那我就不客氣了。」

「好，請收下。」

於是，光織拿到了那瓶「素顏美女茶」。

女人在下車之前對她說，如果有什麼疑問，可以去「錢天堂」

官網的客服中心發問。

光織重新打量著手上的「素顏美女茶」。「即使沒有效果，免費拿到一瓶茶也算是賺到了。」她這麼告訴自己。

她喝了一口「素顏美女茶」，味道非常苦，感覺不像是茶，反而像是中藥。茶的苦味中帶著清爽的香氣，她覺得應該對身體很有幫助。

這瓶茶一定有助於養顏美容。光織一口氣把茶喝完了。

「拜託，一定要有效。」雖然光織並不奢望自己能夠成為素顏美女，但希望至少能夠讓皮膚的狀態變好一點。

她一路上都在祈禱，沒多久，公車在公司門口停了下來。

那一天，光織一整天都很忙。一下子坐在電腦前處理業務，一下子接待客戶，然後又忙著跑去資料室。

好不容易忙完一天的工作，精疲力盡回到家裡沖了澡。

「哇！終於活過來了！」

她深刻體會到，沖完熱水澡，把臉上的妝卸乾淨時最舒服。

光織帶著幸福的心情走出浴室，她不經意的看向鏡子，忍不住大吃一驚。

她在鏡中看到一張好像化了淡妝的漂亮臉蛋，臉頰和嘴唇都呈現淡淡的粉色，眼睛也炯炯有神，連最近很在意的黑斑都不見了。

剛才自己已經卸了妝，照理說不可能看起來還這麼漂亮。

「因、因為剛洗好澡，促進了血液循環，所以才讓我看起來比較漂亮。」光織勉強這麼說服自己。

但是，她在睡前又照了一次鏡子。

「不會吧……」

臉蛋還是很漂亮，和剛才照鏡子時完全一樣。如果是這樣的臉，即使不化妝出門也沒問題。

「撲通撲通。」光織不由得心跳加速。

「難道我真的變成了素顏美女嗎？」

無論如何，明天要繼續觀察。如果睡了一晚仍然維持不變，早晨寶貴的二十分鐘就可以省下來做化妝以外的事。

光織帶著興奮的心情躺在床上。

隔天早上，她一覺醒來立刻跑到鏡子前確認，「太棒了！」她忍不住大聲歡呼。

沒錯，即使隔了一個晚上，「素顏美女茶」的效果仍然沒有消失。光織看著自己好像化了自然妝容的臉，忍不住想要好好親一下。

「雖然那個女人說是試用品，但我覺得這項產品一定會爆紅。」

她心情愉快的做了便當，看著晨間新聞，然後慢慢享用早餐。

啊，太幸福了。平時只能急急忙忙的把吐司塞進嘴裡當早餐，現在竟然能夠這樣細嚼慢嚥，自己已經有多少年沒有好好品嘗熱咖啡了？

光織充分享受著這種幸福。雖然只是小小的幸福，卻是很美好的感受。

那天之後，光織早上的時間都變得很充裕。她省下了原本需要耗費二十分鐘的化妝時間，並用這些時間好好為出門上班做準備。如果前一天很晚才回家，她也可以在隔天早晨才洗澡。

如果這種生活可以一直維持下去，不知道該有多好。

但是，光織的幸福在某一天突然消失了。

那一天，光織像平時一樣去公司上班。那天的天氣很陰沉，所以她沒有擦防晒霜。她現在越來越懶得保養皮膚了。

下午要和上司一起去拜訪客戶，把商品的樣本送給客戶參考。

光織的公司在做紙張貿易，銷售各種不同的紙張，最近新推出了很適合用來製作寫真集的紙，所以要去向客戶推銷這種紙品。

光織帶著紙張樣本走出客戶公司時，原本陰沉的天空突然放晴，變成了陽光明媚的好天氣。

光織並不在意，稍微晒一點太陽也沒關係。「素顏美女茶」的功效讓她看起來皮膚很白，稍微晒黑一點，也許看起來會更健康。

她滿不在乎的這麼想，但是上司不經意的看了她一眼，立刻露出驚訝的表情。

「澀川小姐，你的臉……髒了。」

「啊？真的嗎？怎麼會這樣？」

她急忙擦著臉，上司卻搖了搖頭說：

「完全沒擦掉，你最好去廁所洗一下臉。」

「喔，好。」

光織一頭霧水的走回客戶公司的廁所，她一看到鏡子，差點尖叫起來，因為她的臉上都是褐色的斑點，簡直就像被泥土濺到一樣。

「不會吧！怎麼會這樣！」

她急忙洗了臉，用手帕用力搓，但還是沒辦法洗掉。

這時，她才終於發現那不是髒汙，而是曬太陽造成的黑斑。原本的雀斑曬了太陽，一下子變多了。

「討厭！這根本就像是大麥町嘛！」

光織臉色發白，很想向人求救。

但是要向誰求救？啊，對了，要找之前那個女人。送自己「素

顏美女茶」的女人說過，如果有什麼問題，可以去官網詢問。

光織好不容易回想起那家店的店名，然後用手機查到了「錢天堂」的官網。官網上有「商品介紹」欄，也介紹了「素顏美女茶」這項商品。

沒想到，上面寫了很令人震驚的內容。

「喝了『素顏美女茶』，曬太陽會更容易產生黑斑，所以務必加強防曬。」

「怎麼會這樣……如果我早點知道，就會注意防曬了！」

現在該怎麼辦？怎樣才能改善目前的狀態？她想問這個問題，

但官網上完全找不到聯絡客服的電子郵件信箱，或電話號碼。

「太不負責任了！事先沒有好好說明商品的注意事項，而且也沒有任何售後服務！不敢相信竟然有這種店，根本和詐騙沒什麼兩樣，真是太惡劣了！」

光織越想越氣，於是在各個社群網站發文分享：「要小心一家名叫『錢天堂』的柑仔店。」

但是，即使四處留言，也無法消除她臉上的黑斑。

那天之後，光織就必須花比之前更多的時間化妝。因為曬太陽造成的黑斑遲遲無法變淡，她只好擦上很厚的粉底才能遮蓋。

光織現在每天都必須化很濃的妝，使整張臉看起來很不自然，甚至有後輩很沒禮貌的說：「還是以前的妝比較適合你。」但是光織也無可奈何，因為如果不化濃妝，就無法遮住那些斑點。

光織在搭公車時，回想起之前發生的一切，忍不住抿著嘴。

唉，早知道會這樣，當初就不該喝那瓶「素顏美女茶」。

那天之後，後悔和憤恨一直在她內心翻騰。每次搭公車時，光織都希望可以再遇到上次那個女人。如果再遇到她，一定要好好向對方抱怨一番。

光織心浮氣躁的轉頭看向車窗外。

「請問我可以坐在這裡嗎？」

她聽到一個甜美的聲音，接著有人重重的在她旁邊的空位坐了下來。

光織看向身旁，立刻大吃一驚，因為旁邊坐了一位跟相撲選手一樣高大的女人。

這個女人穿了一件古錢幣圖案的紫紅色和服，一頭白髮上插了五顏六色的玻璃珠髮簪，看不出年紀的豐腴臉頰上帶著笑容，一身打扮和之前送光織「素顏美女茶」的女人很像。

光織不由得心生警戒，女人則口若懸河的說：

「不好意思，打擾了。請問之前是否有人送過你『錢天堂』柑仔店的商品？」

「對啊。」

「喔，我就知道……不瞞你說，那個人給你的商品是冒牌貨，並不是正牌『錢天堂』的商品，你最近是不是為了這件事很煩惱？」

光織愣了一下。

「這個女人竟然知道我遇到了什麼事，這是不是代表她和上次那個人是同夥？她又想騙我嗎？我怎麼可能再次上當！」

光織怒不可遏，尖聲對身旁的女人說：

「如果我說很煩惱，你想怎麼樣？」

「我身為正牌『錢天堂』的老闆娘，無法原諒有人因為使用冒牌商品而感到痛苦，所以我想要消除你的煩惱。」

「消除我的煩惱？所以你有辦法消除因為『素顏美女茶』造成的這些黑斑嗎？我、我才不會上你的當！說到底，那不是品質有問題的瑕疵品嗎？我已經受夠了！」

「你拿到的是『素顏美女茶』嗎？」

「你不要裝糊塗！那瓶茶把我……把我害慘了。」

光織大聲說完，接著把自己遇到的倒霉事，一股腦的都告訴眼前的女人。

「害我變成這樣，你覺得我還會再被相同的手法欺騙嗎？我雖然不知道什麼『錢天堂』的冒牌貨，但你們是同一家店的人吧？我上當一次就夠了，不要再想唬弄我！」

「好了、好了，你先不要激動，這件事的確太過分了……對了，這款商品應該可以解決你的煩惱。」

「我已經說了，我什麼都不……」

光織想痛罵那個女人，但她一看到對方遞過來的東西，便頓時說不出話來。

這個女人不知道從哪裡拿出一個和手掌差不多大的扁平鐵盒。蘋果形狀的罐頭中央，畫了一個鮮紅的嘴脣，上面寫著「化妝蘋果」四個字。

光織看到那個鐵盒，一股衝擊立刻貫穿她的全身。她發自內心的想要那款商品。

「我想要，我一定要得到它。」

當她回過神時，發現自己已經伸出手，用力抓住了「化妝蘋果」的鐵盒。女人再次露出微笑說：

「看來你很喜歡，真是太好了。」

這時，光織才稍微恢復了理智。

「這個……該不會又有什麼副作用吧？」

「你說對了。」

「真的有副作用嗎？」

「對，但是只要你仔細閱讀說明書，遵守使用方法，『化妝蘋果』就可以為你帶來幸福，而且還可以消除那個『素顏美女茶』的副作用。至於要不要吃，完全由你自己決定。那我就先告辭了。」

女人按了下車鈴，動作輕盈的走下公車。

剩下光織一個人後，她盯著手上的「化妝蘋果」。

「我又重蹈覆轍，做了和『素顏美女茶』那時候同樣的事。明知道不要隨便亂吃別人送的東西，絕對不要吃陌生人送的莫名其妙的食物……但是，剛才那個女人明確說了產品有副作用，所以搞不好我可以相信她？最重要的是，她說可以消除『素顏美女茶』的副作用，這代表可以消除我臉上的黑斑。光是這一點，就值得吃看看。」

光織決定先看說明書，於是把「化妝蘋果」的鐵盒翻了過來。

鐵盒背面寫了以下的內容：

想要很快化完妝的人，推薦你食用這款「化妝蘋果」，吃了之後，化妝技巧會大為提升。但是，如果不希望整個人生都被化妝占據，就不要一口氣全部吃完。先吃一半，一個小時之後再吃剩下的另一半。

「不希望整個人生都被化妝占據？這就是副作用嗎？雖然有點搞不清楚……總之只要別一口氣吃完就好。」

原來只是這種小事，那不是很簡單嗎？

光織放心的打開鐵盒的蓋子。裡面裝滿蘋果形狀的紅色軟糖，軟糖表面的砂糖閃閃發亮，一看就知道很好吃，而且酸酸甜甜的蘋果香氣撲鼻而來，光織的口水都快流下來了。

「我想吃，無論如何我想馬上就吃。」

她這麼想著，忍不住拿起一顆軟糖，戰戰兢兢的放進嘴裡。砂糖咬起來很脆，濃郁的甜味在嘴裡擴散。

「真好吃！」簡直就像在吃果汁飽滿的蘋果。

「化妝蘋果」太好吃了，光織忍不住又吃了一顆。接下來，她吃了一顆又一顆，當她回過神時，鐵盒已經空了。

光織陷入一片茫然。明明之前已經失敗過一次了，啊，自己真是傻瓜、大傻瓜！為什麼吃到一半沒有停下來！竟然會忍不住一口

氣都吃完，簡直就像是小孩子。

可惜現在無論再怎麼自責，也已經來不及了。光織下車時，很擔心會產生什麼副作用。

到公司後，她馬上去了廁所。因為太擔心副作用，害她全身都感到不太對勁。

光織膽戰心驚的看向廁所的鏡子，頓時大吃一驚。

「消、消失了！」

原本用粉底勉強遮蓋的黑斑全都不見了。那個女人說得沒錯，真的可以消除「素顏美女茶」的副作用。

但是光織在高興過後，立刻發現：「怎麼會這樣？我的妝化得太醜了！」

粉底擦得很不均勻，眉毛亂七八糟，口紅也深淺不一。雖然黑斑消失了很棒，但她無法忍受這種妝容，必須馬上補妝。

光織立刻從皮包裡拿出化妝包，然後感受到前所未有的平靜。

「這是怎麼回事？我感覺超有自信，彷彿什麼事都難不倒我。」

光織想像著自己理想的妝容，俐落的重新上妝。她在化妝時感到心情很愉快，就像在創造一件藝術作品。沒錯，臉就是畫布，彩妝品就是顏料。

短短三分鐘，她就化完妝了。

「這是……我嗎？」

光織變得很漂亮，簡直就是判若兩人，連她自己都感到驚訝。

光織有生以來，第一次真正體會到什麼是「化妝」。

以前化妝只是為了遮蓋斑點，讓氣色看起來比較好，努力讓缺點變得不明顯，是因為在意他人的眼光而化妝。

但是這次不一樣。她充分展現了自己五官的個性和優點，而呈現出目前的樣貌。

她看著鏡中的自己看得出神，忍不住小聲說：

「太好玩了。」

沒想到化妝這麼樂趣無窮，她覺得自己可以隨心所欲化出任何想要的妝容。太好玩了，簡直讓人欲罷不能，再試一下看看，這次要化出不同感覺的妝。

光織樂在其中，又開始重新上妝。

最後，光織向公司辭職了。因為她實在太熱衷於化妝，根本無心工作。

「化妝蘋果」的確產生了副作用，但是光織並沒有太沮喪。既然化妝這麼樂趣無窮，那她乾脆從事這方面的工作。

光織決定找新的工作，最後成為了化妝師，每天在電視劇和電影的拍攝現場為演員化妝。對目前的她來說，簡直就是夢幻工作。

「真是慶幸我吃了『化妝蘋果』！」

光織發自內心感到滿足，今天也精神百倍的動手化妝。

澀川光織，三十二歲的女人，接受了研究所的「素顏美女茶」。

3 隱瞞芝麻球

「怎樣才能學會隱瞞呢？」

目前就讀小學四年級的香枝，輕輕嘆了一口氣。

她並不是想說謊，只是希望遇到為難的狀況時，能夠巧妙的隱瞞，度過難關。如果能夠做到這一點，日子就可以過得更輕鬆。

香枝有一個叫吳美的朋友，她們在幼兒園時也是同學，但最近香枝覺得和她相處很頭痛。吳美自私任性，個性也很強勢，經常對

香枝擺出一副高高在上的態度，這一陣子更是變本加厲，簡直把香枝當成了她的跟班。

所以香枝最近都避著吳美，既不會主動找吳美說話，每天放學也都在吳美找她一起回家之前，就匆匆走出教室，一個人回家。

沒想到吳美很快就發現了這件事，她今天直截了當的問香枝：

「你最近為什麼不和我一起回家？你是不是討厭我？」

香枝六神無主，不知道怎麼回答。她當然不可能對吳美說：「對啊。」但她又不想說：「沒這回事，你是我最好的朋友。」

香枝不知道該說什麼，結結巴巴的說不出話。吳美露出可怕的表情說：

「是喔？原來是這樣。好啊，那我以後也不和你玩了！」

吳美丟下這句話後，一整天都不理香枝。雖然香枝覺得吳美很麻煩，但自己傷害了朋友，也讓她為這件事產生了罪惡感。只不過即使香枝想道歉，也不知道自己該說什麼。

上完一天的課，到了放學時間，香枝仍然悶悶不樂。一想到明天又要來學校上課，她忍不住憂鬱起來。吳美明天也會對香枝不理不睬，搞不好還會到處對其他同學說：「香枝突然不理我了，我很受傷！」

不了解狀況的同學，一定會露出冷漠的眼神看自己。光是想像這個情景，香枝就忍不住抖了一下。

「這樣下去會出事，一定要想辦法隱瞞真相。」她在走上住家附近的天橋階梯時，忍不住小聲嘀咕。

這時，香枝聽到身後有一個女人對她說話：

「哎喲，你有什麼想要隱瞞的事嗎？」

她說話的腔調真奇怪。香枝一面想著，一面仔細打量眼前的女人。那個女人穿了一件紫紅色的和服，雖然有著一頭白髮，看起來卻很年輕，感覺不像是阿姨而是姐姐。

這時，香枝突然想到一件事。

她最近才聽說一個傳聞。有個身穿和服的白髮女人到處發送奇怪的零食，吃了零食雖然可以實現願望，但是最後都會很慘。傳聞說的，該不會就是眼前這個女人？

香枝心生警惕，女人則滔滔不絕的說了起來：

「你想要隱瞞，就代表你想說謊對不對？既然這樣，有一款零食完全就是為你準備的。」

說完，對方拿出一塊板狀巧克力，上頭的包裝紙寫著「說謊巧克力」。

香枝從來沒有看過這種巧克力，忍不住歪著頭感到納悶。

「說謊巧克力？」

「沒錯，這是『錢天堂』柑仔店特別研發的魔法零食，只要吃下這個，你就能成為說謊高手。來，我免費送你，你就收下吧。」

「我不要。」香枝表示拒絕。她怎麼可能相信這個世界上有什麼魔法零食，而且她也覺得這個女人有點討厭。

沒想到那個女人不肯罷休。

「你不必客氣，這款巧克力的味道很不錯，如果你吃了之後沒有效果，可以去本店的官網留下真實的感想和意見。本店名叫『錢天堂』，希望你記住本店的名字。那就這樣，來，請收下。」

女人說完，硬是把「說謊巧克力」塞到香枝手上，接著快步通過天橋，走到了馬路對面。

香枝站在天橋中央，注視著剛才那個女人塞給她的東西。

「可以成為說謊高手的巧克力……怎麼可能有這種東西？」

香枝覺得太荒唐了，反而很想試一試。那就嚐一口，如果是奇怪的味道就馬上吐掉。

香枝剝開包裝紙，正打算咬下裡頭的巧克力，就在這時，香枝聽到有人輕喊了一聲：「等一下！」她的身體也忍不住抖了一下。

下一剎那，有人從香枝手上搶走了巧克力。

「怎、怎麼回事？」

香枝瞪大了眼睛，不知道在什麼時候，她的眼前出現了一位高大的阿姨。這個阿姨和剛才那個女人的打扮完全相同，都是一頭白髮，一身紫紅色和服，但是，眼前這個阿姨渾身散發出驚人的氣勢。

她打量著從香枝手上搶走的巧克力，喃喃自語：

「又是『說謊巧克力』嗎？竟然把這麼惡劣的東西……」

說到這裡，阿姨把視線移向香枝，她的眼神很深邃。

「你還沒有吃，對嗎？啊，太好了，真是千鈞一髮。」

「千鈞一髮？什、什麼？這塊巧克力有什麼問題嗎？」

「對，這是大有問題的巧克力，一旦吃了，就會變成很擅長說謊的人，而且不光是這樣，不久之後，還會變得非說謊不可，到時候說謊就會變得像呼吸一樣頻繁。」

「不會吧？」

「是真的。除了你以外，還有好幾個人拿到這種巧克力，而且吃了下去。在我紅子找到他們的時候，他們的狀態都慘不忍睹。幸好你還沒吃，真的太幸運了。」

阿姨說到這裡，露出銳利的眼神問：

錢天堂
說謊巧克

「妹妹，這塊巧克力是誰給你的？」

「呃……是一個女人，她說自己是『錢天堂』的人，還有她和你……她和你的打扮完全一樣。」

阿姨露出非常生氣的表情，讓人頓時害怕起來，香枝也嚇得縮成一團。

但是阿姨立刻放鬆了臉上的表情，用溫和的語氣問：

「可以請你告訴我，她去了哪裡嗎？」

「好、好，我剛才見到她……去了那裡。」

「是嗎？看來我差一點就追上她了。謝謝你，那我就告辭了。」

阿姨說完便轉身準備離開，她似乎是打算去追剛才那個女人。

香枝突然對「說謊巧克力」被拿走感到有點惋惜。雖然變得整天愛說謊很糟糕，但如果只吃一小口，不知道會怎麼樣？是不是會變成一個恰到好處的說謊高手呢？

那個阿姨似乎是看透了她內心的想法，轉過頭用沉重的眼神看著香枝，然後輕輕笑了笑說：

「你好像有點捨不得這塊『說謊巧克力』？那好吧，既然你也是冒牌『錢天堂』商品的受害者之一，我身為正牌『錢天堂』的老闆娘，就送你一款能夠幫你實現心願的商品。」

阿姨說完，不知道從哪裡拿出了一個小盒子。那個圓形的小盒子和手掌差不多大，黑色的底色上有許多白色小斑點，蓋子上貼了一張像是符咒的貼紙，上面寫著「隱瞞芝麻球」。

「撲通。」香枝頓時心跳加速，「我好想要！」她雙眼發亮的想。

阿姨像在炫耀似的說：

「這款『隱瞞芝麻球』可以讓人變得很會隱瞞，只要一吃就能馬上發揮效果，但是，希望你能夠充分理解隱瞞是怎麼一回事。只要你能做到這一點，這盒零食就可以送給你。」

「好！我知道了！」

香枝用力點頭。老實說，阿姨的話她只聽到一半，因為她太想要「隱瞞芝麻球」了，其他事根本都不重要。

於是，香枝得到了「隱瞞芝麻球」，她把零食拿在手上，一路跑回家裡。

她一衝進自己房間，就打開了小盒子的蓋子，裡面有很多如橡實般大小的圓滾滾芝麻球，上面有滿滿的白芝麻和黑芝麻，一看就知道很好吃。

香枝立刻拿了一顆放進嘴裡，芝麻的香氣瞬間在嘴裡擴散，芝麻球像餅乾一樣甜甜的，香脆的口感也妙不可言。

香枝忘我的又拿了一顆。

「我想吃，我想繼續吃。」她一轉眼就把小盒子裡的芝麻球全吃光了。

「啊啊……吃完了。」

她正感到有點可惜，媽媽就突然走進房間。

「香枝，你回來了嗎？回到家至少要跟媽媽打聲招呼，說句『我回來了』。」

「啊，對不起。」

「真受不了你。什麼東西這麼香？你剛才吃了什麼？」

聽了媽媽的話，香枝立刻緊張起來。

不能讓媽媽知道「隱瞞芝麻球」的事。如果媽媽知道自己吃了陌生人送的食物，一定會很生氣，而且可能還會說：「既然你已經吃過點心了，今天就不給你點心吃，否則晚餐會吃不下。」所以必須隱瞞這件事。

香枝正準備絞盡腦汁想一個合理的解釋，沒想到嘴巴竟不由自主的脫口對媽媽說：

「我怎麼可能吃東西？今天媽媽不是要做鬆餅給我當點心嗎？我知道今天要吃鬆餅，怎麼可能去吃其他零食？」

「那怎麼會這麼香？」

「是因為這個小盒子吧。」

她的手也不由自主的動了起來，把剛才裝「隱瞞芝麻球」的小盒子遞到媽媽面前。

「這是同學送我的，因為很可愛，所以我想拿來裝小東西。雖然是空盒子，但原本好像裝過什麼零食，可能香味還留在上面。」

「嗯，哎喲，真的還有味道。」

媽媽聞了小盒子的味道，終於釋懷的點點頭。

「好，那我去做鬆餅，你趕快去洗手、漱口，然後來廚房。」

「好。」

媽媽走出房間後，香枝鬆了一口氣。今天巧妙的隱瞞了真相，平時她只要一說謊，就會馬上被媽媽發現。

「剛才好像可以不加思索的回答，這應該是『隱瞞芝麻球』的功效吧？」

香枝覺得不太可能，於是仔細打量「隱瞞芝麻球」的小盒子，發現蓋子的背面寫了以下的內容：

如果希望自己變得很會隱瞞，吃下這款「隱瞞芝麻球」就是最好的方法。遇到為難的狀況，可以不加思索的說出巧妙的話來隱瞞真相，但是隱瞞無法解決問題，只是拖延時間，請務必牢記這件事。

香枝不但歪著頭感到納悶。拖延時間？無法解決問題？她不太理解這兩句話的意思，但是她清楚的知道，吃了「隱瞞芝麻球」就能變得很會隱瞞。剛才那個阿姨沒有騙人。

「太好了！這不是很方便嗎？我還想多試一試。」

這時，媽媽的叫聲傳了過來。

「香枝，你在幹麼？鬆餅快好了！」

「喔，來了。」

香枝急忙跑去廚房。媽媽剛好把鬆餅裝在盤子上，蓬鬆的鬆餅看起來很好吃，上面還加了滿滿的奶油和糖漿。

香枝立刻跑過去，媽媽問她：

「手洗了嗎？有沒有漱口？」

香枝忘了洗手也忘了漱口，但是她想馬上吃鬆餅，如果要先去洗手忍著不吃實在太麻煩了。吃完點心再好好洗手，應該也可以預防病毒。

她又脫口對媽媽說：

「當然洗了啊，你要不要聞聞我的手？一定有香皂的味道。」

香枝的語氣很有自信，媽媽也笑著對她說：

「不用了，媽媽不至於這麼不相信你，你趕快來吃吧。」

「太好了！那我開動了！」

香枝吃著香香軟軟的鬆餅，忍不住在心裡偷笑。「隱瞞芝麻球」的效果太強大了，從今以後，一切都會變得很順利，也一定能夠解決自己和吳美之間的問題。

「太期待明天了。」香枝心想。

隔天，香枝帶著興奮的心情去學校，剛好在鞋櫃前遇到了吳美。

「哼！」

吳美生氣的移開視線，香枝立刻叫住了她。

「吳美，昨天很對不起。」

「即使你向我道歉，我也不會原諒你。」

「不要這麼說嘛，最近沒時間和你玩，其實是有原因的。」

「原因？」

吳美轉頭詢問，香枝看到她的眼神，忍不住倒吸了一口氣，心想：「拜託『隱瞞芝麻球』趕快發威吧！趕快讓我說出吳美能夠接受的理由。」

香枝的嘴巴動了起來，好像在回應她的期待。

「不瞞你說，我上次考試成績很差，媽媽說要增加補習班的課。我不想補更多課，覺得不如自己加強預習和複習，所以每天放學就直接回家專心讀書。我並不是刻意要避開你，當然更不可能討厭你，希望你見諒。」

「那你為什麼不一開始就告訴我？」

「因為我不希望你覺得我是書呆子，希望你能原諒我。」

吳美故意重重的嘆了一口氣。

「既然是這樣，那我就原諒你，以後有話要直接說出來，不要再藏在心裡。」

「嗯，你永遠是我的朋友，但因為補習班的事，所以這一陣子暫時沒辦法和你一起玩了，沒問題嗎？」

「沒問題啊。你這個人真的有點笨笨的，唉！真可憐，如果你像我一樣聰明，就不會發生這種事了，那你就好好用功讀書吧。」

雖然吳美說的話讓人很生氣，但香枝沒有說什麼，而是努力擠出笑容說：

「嗯，我會加油。」

和吳美之間的問題順利解決了。沒有影響兩個人的關係，也順

利減少了和吳美相處的時間，香枝忍不住偷笑起來。

幾天之後，發生了意想不到的事。班上另一個同學志保里邀請香枝：「星期天要不要一起去玩？想不想去隔壁鎮上的購物中心？聽說購物中心裡有一家很大的糕餅店，有很多漂亮的餅乾，而且價格超便宜。」

香枝覺得很好玩，想要點頭答應。

這時，吳美湊過來說：

「不行，香枝要用功讀書，週末更要抓緊時間複習，根本沒時間玩。香枝，你說對不對？」

「啊？嗯，但是偶爾出去玩一下，也可以放鬆心情⋯⋯」

「你在說什麼啊？如果繼續懶散下去，你媽媽就會要你去補習班上更多課，我可是為你好。」

吳美自以為是的說話態度，讓香枝越聽越生氣。

「不要再把自己的想法強加在我頭上，我受夠了！」香枝的腦海閃過這個念頭時，腦袋「嗡」的一聲爆炸了，她頓時感到頭昏腦脹。

當她回過神時，吳美已經離開了，志保里則瞪大眼睛看著她。

「啊⋯⋯怎麼了？」

「香枝，你沒必要說那種話吧？」

「啊？我說了什麼？」

「你不要裝傻，吳美真是太可憐了。雖然她很自以為是，但你也沒必要罵她的個性很煩、很惹人厭……吳美都哭了。」

「……」

香枝臉色發白，她這才發現自己因為太生氣而失去了理智，當著吳美的面，說出了內心真實的想法。

香枝深深傷害了吳美，而且還因為對朋友說了很難聽的話，所以班上的女生都不太願意理她。

香枝苦惱不已。早知道會這樣，吃下「隱瞞芝麻球」根本沒有意義。

「太奇怪了，照理說吃了『隱瞞芝麻球』，就可以巧妙的隱瞞真相，為什麼這次會失敗呢？」

香枝回家後，拿出「隱瞞芝麻球」的盒子，絞盡腦汁的思考。她認為答案應該就在說明書中，「隱瞞無法解決問題，只是拖延時間，請務必牢記這件事。」這句話應該就是關鍵，只是她無論怎麼思考，都無法理解這句話的意思。

香枝決定去問媽媽。

「媽媽，你知道『隱瞞只是拖延時間』這句話是什麼意思嗎？」

「咦？你為什麼會問這種問題？」

「嗯，沒什麼。我和同學在玩猜謎遊戲，同學說隱瞞無法解決問題，這句話是什麼意思？」

「這樣啊……」

媽媽想了一下，緩緩開口說：

「我認為就是字面上的意思。隱瞞其實只是在拖延時間，當一個人巧妙隱瞞時，會以為問題解決了，但其實問題並沒有解決，在順利隱瞞真相之後，必須思考真正能夠解決問題的方法，隱瞞只是讓人爭取到更多時間，思考如何解決他遇到的問題。媽媽是這麼理解的，你覺得呢？」

「這樣啊……應該就是這個意思。」

香枝以一臉快哭出來的表情點了點頭。媽媽的解釋，讓她終於了解了說明書上的內容。

她現在終於知道，為什麼會在吳美面前說出自己真正的想法。「隱瞞芝麻球」為香枝爭取了思考解決方法的時間，但她並沒有思考，所以時限一到，原本藏在內心的想法就一下子全說了出來。

啊啊，那個神奇阿姨說的話，深深刺進了她的心裡。自己真的應該好好理解「隱瞞」到底是怎麼一回事。

事到如今也沒有辦法了。這次香枝要好好思考，有沒有什麼方法可以化解她和吳美之間的問題。雖然自己應該為說了傷人的話道歉，但也必須告訴吳美，她說的很多話也讓香枝感到不舒服。

如果吳美聽了之後仍然很生氣，不想和自己當朋友……

「這樣也沒關係。」香枝用一臉開朗的表情嘀咕著。

神子山香枝，十歲的女孩，差點吃下研究所生產的「說謊巧克力」。

4 六條研究所內……

六條教授目不轉睛的看著自己研究所的構造圖。

這是他投入畢生累積的精力、知識和所有財富，終於完成的研究所，可以說是他的城堡。研究所的建築也是他親手設計，即使現在重新審視構造圖，仍然覺得完美無缺。

這個研究所最初就是為了一個目的而建，不久的將來，就可以達到這個目標了。

六條教授正在想這些事的時候，有人說了聲：「打擾了。」一名研究員隨後走進他的辦公室。

雖然被人打斷思考有點生氣，但教授仍然露出了笑容。這裡的研究員都很優秀，不僅優秀而且還很忠實，工作也很勤奮。教授非常清楚，自己要善待這些可靠的下屬。

「原來是矢萩啊，情況怎麼樣？『錢天堂』目前的風評如何？」

「是，現在……」

「怎麼了？」

「是、是，多虧那些女性四處發送零食，所以風聲漸漸傳開了……但是最近好像有點平息下來。」

「平息下來？你的意思是負面評價消失了嗎？」

「對，總之情況有點奇怪。」

「沒什麼好奇怪的。」

教授露出開朗的笑容說：「只要想一下就知道了，八成是『錢天堂』的老闆娘採取了行動。」

「老、老闆娘嗎？」

「她察覺有人假冒她，所以正四處奔波了解情況，然後用正牌『錢天堂』的零食，試圖改變那些試用我們商品的客人的命運。」

「既然這樣，我們是不是也該採取某些措施？」

「不，我早就預料到她會這麼做，所以不必特別採取什麼對策……不，等一下，機會難得，乾脆把我們的零食送給名人，無論是知名藝人或是藝文人士都可以。一旦他們遭遇不幸，然後四處宣揚是『錢天堂』害的，就會引起軒然大波。如此一來，可以讓獵物更容易上鉤。」

「讓獵物上鉤嗎？好，我來研究一下要針對哪些名人下手。」

「就這麼辦，謝謝你的報告，辛苦了。」

「是，那我就先去做事了。」

研究員離開後，六條教授再次低頭看向構造圖。

「快了快了，客人很快就要上門了。」

教授暗自竊笑，似乎已經等不及獵物上鉤了。

5 忍者薑片

「啊，我想不出來，我真的完蛋了！」博人抱著頭在地上打滾。

博人是最近很紅的漫畫家，今年四十五歲，手上有三個連載漫畫正在進行。

但是現在，他手上的畫筆和腦袋裡的點子完全停擺。腦袋一片空白，完全沒有任何想法，也畫不出任何內容。更令人傷腦筋的是，這三個連載早就過了截稿日。

啊啊，慘了，編輯馬上就會打電話來催稿了。自己連一張圖都沒畫出來，到時候要怎麼解釋？啊，對了，只要不接電話就沒問題了。等到畫完交稿再跟編輯說，因為專心畫畫，所以沒辦法接電話。

在他想到這個藉口的同時，電話「鈴鈴鈴鈴」的響了起來。博人渾身冒出冷汗，電話鈴聲一響，他就知道是編輯打來的。

「啊，會是哪一個編輯呢？希望不是最可怕的大牌出版社主編──指原。」

當他在內心祈禱時，電話自動轉接到答錄機，他聽到了指原主編的聲音。

「喂？老師你好，我是指原，工作進度怎麼樣？《鯨頭鸛阿橋》完成了嗎？今天我要拿到稿子……一定要拿到！」指原主編的聲音很平靜，但他說話的語氣強而有力，甚至可以感覺到他的殺氣。

「啊啊啊！」博人嚇得整個人差點跌倒。

慘了，慘了，指原主編的聲音聽起來超生氣。聽他的語氣，一定會找上門來。不，他搞不好已經快到公寓附近了。啊啊！得趕快逃走才行。

博人抓起皮夾，不顧一切的衝出家門。

在所有責任編輯中，指原主編最令人害怕。他是創辦了很受歡迎的《年輕人》雜誌的資深主編，如果漫畫的內容乏善可陳，他會毫不留情的退稿，而且催稿也催得最緊。

他的綽號叫「獵犬指原」，無論漫畫家逃去哪裡，他都能夠找到。據說他只要靈光一閃，就知道「那位老師一定會去這種地方」，準確的程度簡直達到了神人等級，博人之前好幾次躲去咖啡店或是家庭餐廳，結果都被他找到了。

今天一定要躲去一個他絕對不會發現的地方。要去圖書館嗎？還是小巷子裡的網咖？或是乾脆去住商務飯店算了？

不不不，那種地方躲不過指原主編的火眼金睛，而且搞不好走在路上，他就會突然從哪裡冒出來，笑著說：「博人老師，原來你在這裡！」

博人內心的不安越來越強烈，但也越想越生氣。他非常清楚沒有準時交稿是自己有錯在先，也知道自己不交稿會影響後續作業，造成編輯很大的困擾。

「但是我也很忙，也有畫稿不順的時候。可惡，真希望可以順利逃過他的魔爪，哪怕只有一次也好。」他忍不住這麼嘀咕。

「請問你是漫畫家梅田博人老師嗎？」有個聲音突然詢問。

博人抬頭一看，發現是一個身穿紫紅色和服的女人，她的頭髮故意染成白色，臉蛋卻很年輕，所以整個人顯得很奇怪。但是看到對方滿面笑容，博人忍不住點了點頭說：

「對，我是梅田。」

「啊，真的是老師。我是你的粉絲，原本期待來這附近或許有機會遇到你，沒想到真的遇到了。」

女人的語氣很開心，但她說話有一種特殊的腔調。

「你覺得會遇到我？」

「對，附近商店街的人經常提到你，說你每次快到截稿日就會逃去很多家店，但十之八九都會被編輯逮到。你今天該不會也在躲編輯吧？」

「呃……是啊，差不多吧。」

女人眼睛一亮，接著說：「哎喲！需不需要我助你一臂之力？」

「助我一臂之力？」

「既然編輯在追你，就代表你的稿子還沒完成吧？身為老師的粉絲，真不忍心看到你這樣被追著跑。不瞞你說，我開了一家名叫『錢天堂』的柑仔店，本店的商品一定能幫上老師的忙。」

女人說完，從手提包裡拿出一樣東西。

那是個用保鮮膜包起來的麵包。好像是吐司？表面烤成金黃色，還撒上了砂糖。

「這是『幽靈吐司』，只要吃了這個，就可以像幽靈一樣，變得神不知鬼不覺，別人當然也就不容易發現你。老師，你現在應該需要這個吧？」

「你是說，可以變得像幽靈一樣？」

博人差一點笑出來。雖然這個笑話很好笑，但就連漫畫情節都不至於這麼離譜。

不過博人決定死馬當活馬醫，只要有一線可能，只要能夠幫助自己擺脫眼前的困境，試一下也沒關係，更何況無視粉絲的禮物也不太好。

「那我就不客氣嘍？」

「好，請你收下。」女人笑著把「幽靈吐司」遞了出去。

就在這時，旁邊伸出了一隻白皙的手，用力抓住女人的手腕。

「啊？」

女人和漫畫家博人都大驚失色，轉頭看向旁邊。

一個身材高大、體格豐腴的女人站在那裡，博人必須抬起頭才能看到她的臉，而且她的裝扮，竟然和準備送他「幽靈吐司」的女人幾乎相同。她也有一頭白雪般的頭髮，身上穿著古錢幣圖案的紫紅色和服。

但是這個女人的頭髮不是染的，而且圓潤的年輕臉蛋看起來也很自然。

她的紅色嘴脣露出令人毛骨悚然的笑容，用可怕的聲音說：

「到此為止！」

「啊！」

「你竟然還模仿紅子我的打扮，但是我不能任由你們假冒『錢天堂』的名義，到處亂發冒牌商品。你去告訴那個教授，你們欠的債，近日我會請他加倍償還。」

她說完這句話，就放開了女人的手。那個女人臉色蒼白，一溜煙就逃得不見蹤影，簡直就像是死裡逃生。

沒拿到「幽靈吐司」的博人看得目瞪口呆，完全搞不清楚狀況。這到底是怎麼回事？

旁邊這位高大的女人慢條斯理的轉過頭，雖然她臉上帶著笑容，卻笑得令人心裡發毛。

「如果讓這種角色出現在漫畫中，一定會很有趣。」

博人腦海閃過這個念頭的時候，女人開口向他道歉：

「很抱歉，但是我無論如何都必須阻止這件事，絕對不能讓冒牌的『錢天堂』零食出現在市面上。」

「錢天堂？」

剛才那個女人好像也有提到這個名字，從眼前的情況來看，剛才那個人似乎是冒牌貨。其實只要看了就知道，雖然兩個女人的打扮一模一樣，但和眼前的這位相比，剛才逃走的那個女人感覺很膚淺，即使說話的腔調類似，卻完全沒有氣勢。

但是沒拿到「幽靈吐司」，還是讓博人感到有點遺憾，他很想吃吃看那個零食。

幽靈吐司

眼前的女人似乎有讀心術，她對博人說：

「剛才讓你見笑了，那我就送上正牌『錢天堂』的商品表達歉意。請問你有什麼願望？」

博人聽到她甜美的呢喃，忍不住認真回答：

「不瞞你說，我是一位漫畫家，一天到晚都被編輯追著跑，所以我希望可以躲過編輯的魔爪。」

「哎呀哎呀，看來你應該是很紅的漫畫家，那你要不要試試看這款零食？」

女人從和服袖子中拿出一個小紙袋，黑色的袋子上頭，用白色粗獷的字體寫著「忍者薑片」這幾個字。

女人出示紙袋的同時，小聲對他說：

「這款『忍者薑片』是很出色的商品，可以讓人具備古代忍者般的能力。忍者的拿手絕活之一，就是能夠巧妙藏身、躲過追兵，情況緊急時，甚至能夠飛簷走壁，從高樓逃走。如果是漫畫家想躲編輯，非常適合使用這款商品。」

女人的說明聽起來就像是童話故事，但是博人完全沒有懷疑她說的話。一看到「忍者薑片」他就知道，只要吃了這種薑片，真的能夠具備這種能力。

博人盯著那包薑片，心想：「就是它！這商品非常適合我，無論如何我都要得到它！」

「多、多少錢？」

「這是我的一點心意，所以不收錢。來，請你收下。」

「謝、謝謝你！」博人伸出雙手，一把抓住了「忍者薑片」。

「這是我的，任何人都不能搶走！」

博人高興得不得了，簡直快要飛上了天，以至於沒有聽到女人最後說的話。當他回過神時，才發現自己獨自站在馬路上。博人打量四周，到處都沒有看到那個女人的身影，但是他的手上緊緊握著

「忍者薑片」。

「太好了！」

博人決定要立刻吃看看。帶著孩子般興奮的心情，博人打開了「忍者薑片」的袋子。

紙袋內裝滿了淡黃色像是水果乾的東西。切得薄薄的薑片裏了砂糖，薑片的香氣撲鼻而來，他的口水都快流下來了。

博人拿了一片放進嘴裡，「忍者薑片」好吃得不得了，強烈的刺激讓舌頭都快麻木了，接著感受到砂糖的甜味，最後散發出薑片的香氣，簡直妙不可言。

再吃一片，再來一片，博人忍不住一片接一片，轉眼之間就把一整袋都吃完了。

「啊，吃完了……」他有點失望，接著突然回過了神。

「對了，我正在逃避指原主編的追趕。」站在馬路中間簡直就像在等對方發現自己，必須趕快找地方躲起來。

博人急忙邁步準備離開，就在這時，他大吃一驚，因為他看到另一家出版社的井坂編輯迎面走來。他可能也是要去向博人催稿，從井坂匆忙的腳步中，可以感受到他內心的憤怒和煩躁。

「慘了。」博人當然還沒有完成要交的稿子，現在絕對不能和井坂見面，更不想被他看到。

但是，馬路兩旁都是住商大樓，根本沒有地方可以躲藏。

「嗚哇……」博人發出絕望的呻吟，但他仍然垂死掙扎，躲到郵筒的旁邊。

井坂應該一眼就可以看到他，他膽戰心驚的做好了心理準備，隨時都會聽到井坂說：「咦？老師，你在這裡幹什麼？」

沒想到……井坂竟然從博人面前走了過去。

「咦？」博人愣在原地，目送井坂越走越遠的身影。

「該不會他今天不是來找我的？」不，不可能。即使不是來找自己，但井坂向來很有禮貌，不可能不打一聲招呼就走過去。看他剛才的樣子，簡直就像是沒看到博人。

「該不會……」

博人急忙看向「忍者薑片」的袋子。紙袋背後有說明書，上面寫的內容和剛才那個女人說的幾乎一模一樣。也就是說，只要吃了「忍者薑片」，就可以像忍者一樣。

原本的緊張情緒頓時變成了興奮。

博人想要試試看，他走進住商大樓之間的防火巷，確認四下無人，立刻整個人貼在牆壁上，沒想到他的手竟然被牆壁吸住了。

博人覺得這樣應該沒問題，於是悄悄沿著牆壁往上爬，然後像壁虎一樣，轉眼之間就爬到了大樓的屋頂。

「太神奇了，我真的變成了忍者！有了這身本領，即使在家裡也可以隨時逃走。哇，我真是太帥了！」

博人樂不可支，興奮得跳了起來。

他繼續發揮忍者的能力，玩得不亦樂乎。他時而在高樓爬上爬下，時而像風一樣奔跑，有時又悄悄溜進電影院。

最後他玩累了，決定走進家庭餐廳休息一下。正當他準備點最愛的漢堡排咖哩時，感覺到脖子傳來一陣涼意。

「嗯？」他轉過頭，驚訝得眼珠子都快掉下來了。

魔鬼主編指原正朝他走來。指原雖然面帶笑容，雙眼卻露出發現獵物的光芒。博人驚訝得說不出話，指原則用開朗的語氣說：

「博人老師，我找到你了。趕快回工作室吧，我們可以在回家的路上外帶披薩。今天在你把稿子趕出來之前，即使熬夜我都不會離開你。」

聽到這番話，博人嚇得臉色發白。每次聽到指原說這句話，都讓他覺得畫漫畫就像是身處地獄。

博人明明吃了「忍者薑片」，為什麼還會被找到？不，還不能這麼快就認輸，剛才可能是自己太大意了，所以才會被找到。總之，要想辦法暫時離開指原身旁，然後一口氣逃走。

博人不顧一切的哀求：

「可、可以先讓我去廁所嗎？我快尿出來了。」

「哎呀，這可不妙。沒問題，我還不至於這麼沒人性。」

「謝謝，我、我馬上就回來。」

「當然沒問題。」

「好、好的。」

博人匆匆走向家庭餐廳的廁所。一走進廁所，他立刻鬆了一口氣，因為這裡有一扇通往外面的窗戶。

他要從窗戶鑽出去，再沿著牆壁逃走。這家餐廳位在三樓，指原做夢也不可能想到博人會從廁所逃走。

博人從窗戶鑽了出去，沿著牆壁爬下地面，來到建築物後方的小巷內。

「呼，真夠嗆。」

乾脆一口氣逃去隔壁鎮上？當博人打定主意，正要拔腿奔跑的時候，有人抓住了他的衣領。

「呃！指、指原先生！」

「老師，你怎麼可以這樣呢？」

指原主編露出可怕的笑容說：「我就在想你會不會動歪腦筋？所以才守在這裡，果然不出我所料。博人老師，你真的是不見棺材不掉淚啊。」

「這、這……」

「我勸你還是打消逃跑的念頭，你不可能逃離我的手掌心……因為我可是幸運的人，我從一家神奇柑仔店獲得了神奇的力量。」

「啊？」

指原突然露出嚴肅的表情，對瞪大眼睛的博人說：

「我從來沒有告訴過別人這件事，不過博人老師，我只告訴你。以前我還是菜鳥編輯的時候，那些漫畫家老師都不把我放在眼裡，所以我遲遲收不到他們的稿子，還要整天挨主管的罵。當我陷入沮喪時，竟然走進了一家柑仔店，那家店的店名叫……」

「該不會是『錢天堂』吧？」

「咦？老師，你也知道啊。我猜得果然沒錯，你平時很少運動，竟能身手矯捷的沿著牆壁爬下來，我就猜到可能是這麼一回事。既然這樣，那就更好溝通了。我在『錢天堂』買了一款『緊迫盯人餅乾』，只要鎖定目標，就可以緊緊咬住，絕對不會讓對方逃走，所以漫畫家都沒辦法逃出我的手掌心，現在也順利當上了主編。」

「原、原來是這樣啊……」

「老師，你買了什麼零食？」

博人告訴指原「忍者薑片」的事，指原聽完拍了一下額頭說：

「真是太可惜了，有這種大好機會，你不該要求擁有逃走的能力，而是該要求下筆如有神助的能力啊。」

「啊！這倒是！」

「現在已經來不及了，我的『緊迫盯人餅乾』功效顯然更勝一籌，既然這樣，只好請你死心了。我們趕快走吧，今天你一定要完成《鯨頭鸛阿橋》的第七十三回。」

「這、這也太……啊啊啊啊！」

博人被指原拉著走回家，幾乎快哭出來了。

沒想到指原也吃了「錢天堂」的零食，而且功效竟然比「忍者薑片」更強，怎麼會這樣？這未免太不公平了！

其實「錢天堂」的老闆娘紅子，在把「忍者薑片」交給博人的時候，曾經叮嚀過他，只不過博人根本沒聽到。

老闆娘紅子當時說：

「這個世界上有人比你的運氣更好，如果遇到那個人，『忍者薑片』可能就無法發揮理想的效果，希望你了解這件事。之前曾經有一個客人忘了這件事，結果下場很慘。雖然那個客人是自作自受，他卻對『錢天堂』懷恨在心，對我來說簡直是莫大的困擾，所以也請你多加注意，避免發生相同的狀況。」

梅田博人，四十五歲。即使得到了「忍者薑片」，仍然被吃了「緊迫盯人餅乾」的編輯逮到。

6 錢天堂內

紅子把「忍者薑片」交給想要逃離編輯的漫畫家後，再度回到了「錢天堂」。

金色招財貓立刻圍了上去，讓紅子把今天發生的事告訴牠們。

「研究所似乎決定對名人下手，專門找藝人、演員，還有今天遇到的漫畫家……雖然我都在千鈞一髮之際成功阻止了，但如果那些人吃了研究所的零食，『錢天堂』的負面評價會更加滿天飛。」

「喵、喵嗯……」

招財貓個個都露出不安的眼神，不停的眨眼，紅子對牠們嫣然一笑說：

「不必擔心，我已經消除了他們發的那些零食的功效，而且我今天也遇到了一個女人，是研究所的爪牙，我已對她撂下狠話，想必他們不敢再輕舉妄動。只不過還需要一段時間，才能夠徹底消除負面評價。」

「喵嗚？」

「對，所以接下來要努力做好該做的事。上次請你們製作的商

品，開發進度如何？有沒有順利開發出來？」

「喵喵！」

招財貓很有自信的回答，然後把一個很大的糕餅搬了過來，請紅子過目。

「喔喔，看起來很好吃的樣子，而且完全符合我的要求。工房長，你真是太厲害了，竟然能夠在這麼短的時間內完成。」

「嗚喵？」

「對，只要有這個，準備工作就完成了，接下來就要潛入研究所……啊，我差一點忘了！」

紅子用力眨著眼睛，似乎想起了什麼事。

「在此之前，我必須去見一個人。說起來，那個人也是研究所的受害者，我要去為他送上好運氣。」

紅子小聲說完後，對坐在她肩上的兩隻招財貓黃豆和麻呂說：

「接下來要分頭行動，在我回來之前，希望你們幫我做一件事。你們願意幫忙嗎？」

黃豆和麻呂聽到紅子這麼問，露出了調皮的笑容，似乎在回答：「包在我們身上！」

7 仿仿錢

八歲的夏夢重重嘆了一口氣，她的身體很沒勁，心情很鬱悶，甚至覺得家裡的空氣也很陰鬱沉重。

她周圍的一切仿佛都被衰神纏住了。造成這一切的開端，就是爸爸辭職了。夏夢至今仍然記得很清楚，當初得知這件事的情景。

那天媽媽告訴她，爸爸辭職了。媽媽說：「爸爸生病了。」

「爸爸不是身體生病，而是心裡生病了。因為爸爸信任的人背叛

了他，所以他的內心快崩潰了，必須暫時在家休息。別擔心，爸爸是優秀的科學研究人員，一旦恢復健康，很快就會找到新工作。在爸爸休息的這段期間，媽媽會去工作，所以你不需要擔心。」

但是心靈的疾病很麻煩，爸爸的情況遲遲沒有好轉。爸爸辭職在家休息已經半年了，現在仍然成天把自己關在房間，一整天都在睡覺。即使偶爾走出房門，也很少開口說話，只是看著電視發呆，或是用手機玩遊戲。

夏夢看到爸爸這樣，都不知道該對他說什麼。

夏夢很希望爸爸恢復以前還沒辭職時的樣子。因為爸爸以前每

天出門上班，雖然總是忙於工作，但看起來心情很愉快，而且渾身充滿活力，現在看到爸爸無精打采的樣子，夏夢覺得很痛苦。爸爸不僅整個人有氣無力，好像還很害怕出門。

媽媽太辛苦了，每天都工作到很晚才回家，回到家時也精疲力盡，沒有力氣做家事。

夏夢盡可能幫忙做家事，但是八歲的她能夠做的家事有限，因此家裡常常很凌亂，三餐也都很簡單。最重要的是，她無法忍受家中瀰漫著沉重的氣氛。

夏夢很想大叫：「我不想過這樣的生活，這根本不像我們家，我受夠了！」她也很想大聲對爸爸說：「你趕快好起來！」但是她知道，絕對不可以做這種事。

夏夢心情煩躁，不知道該如何是好，很想逃離這個家。當她準備衝出家門時，卻因為眼前的景象而愣在原地。

有一個女人站在家門口，這個阿姨比成年男人更高，而且身材也很豐腴，身上穿了一件古錢幣圖案的紫紅色和服，一頭白髮上插了很多髮簪。

夏夢認識這個阿姨，因為夏夢之前曾經見過她，雖然距離上次見面已經超過半年，但是夏夢記得很清楚，這個阿姨是「錢天堂」

柑仔店的老闆娘。當時夏夢正在為不知道能不能在新班級交到好朋友煩惱，結果老闆娘賣給她一個神奇的玩具「識人儀」，夏夢靠著「識人儀」認識了好朋友千鶴。

夏夢至今仍然很感謝當時遇到了這位老闆娘，但是她為什麼會站在自己的家門口？

看到夏夢瞪大眼睛，老闆娘露出笑容說：

「哎喲，這真是太巧了，我正想要按門鈴呢。小妹妹，你爸爸在家嗎？」

夏夢心跳加速。老闆娘來找爸爸，啊啊，她或許可以拯救爸爸，可以把他從躲藏的殼裡拉出來。

夏夢產生了這樣的想法，於是立刻把門開得更大。

「請進！爸爸在裡面！」

「那我就打擾了。」

老闆娘走進夏夢家中，夏夢立刻跑到爸爸房間門口，用力敲著門說：

「爸爸，有客人找你，你趕快起來！趕快出來！」

不一會兒，爸爸用無力的聲音回答：

「夏夢，不好意思，爸爸現在不想見任何人，你對客人說爸爸身體不舒服，請客人離開。」

「不行！爸爸，你無論如何都要見這位客人！趕快趕快，趕快出來啦！」

「不行，我沒辦法見任何人。」

爸爸說完這句話，就沒有再發出任何聲音。

夏夢很生氣，很想大聲說爸爸是「膽小鬼」，但她還沒開口，老闆娘就走到房門前，靜靜的對門內說：

「關瀨先生，我是『錢天堂』的紅子，不好意思，在你身體不舒服的時候來打擾，我可以稍微和你聊一下嗎？」

「啊！」

門內傳來「啪答啪答」的動靜，爸爸走出了房間。夏夢看到爸爸滿臉憔悴、面色蒼白的樣子，內心感到難過不已。

爸爸驚訝的看著老闆娘，感覺眼珠子都快掉出來了。

「紅、紅子老闆娘……」

「關瀨先生，好久不見，我有幾句話想和你聊一聊，請問我可以進去嗎？」

老闆娘說話的語氣有一種不容別人拒絕的力量，爸爸就像是聽從女王命令的家臣，乖乖打開了門，請老闆娘進屋。

夏夢大吃一驚，因為最近爸爸甚至也不讓媽媽走進他的房間。更令人驚訝的是，爸爸似乎認識老闆娘，而且還叫了老闆娘的名字。這到底是怎麼回事？他們到底要談什麼？真想知道！

夏夢也想跟著老闆娘走進爸爸的房間，但是爸爸用身體將她擋在門外。

「夏夢，你去外面等，我想和老闆娘單獨談一談。」

爸爸說完，就在夏夢面前把門關上了。

夏夢當然沒有就這樣離開。雖然知道偷聽是不好的行為，但她還是趴在門上，用耳朵緊貼著房門。

她聽到房間內傳來爸爸小聲說話的聲音。

「真是太令人驚訝了，沒想到你會來家裡找我。你已經去過研究所了嗎？」

「目前還沒有，因為我認為必須先解決那些冒牌零食的問題。現在事情總算都解決了，是時候要來做一個了斷了。」

「是嗎？有辦法成功嗎？六條教授可不是等閒之輩，他很聰明而且是個一流的研究人員，可以說是個天才……真的沒問題嗎？」

「只能且走且看了。如果不解決這個問題，不知道會造成什麼嚴重的後果。」

紅子老闆娘說話的聲音，聽起來從容不迫。

「關瀨先生，你怎麼了？你的氣色看起來很差，憔悴的樣子似乎很不尋常。」

「不瞞你說，我辭去研究工作之後，整天都躲在家裡。自從遭到六條教授的背叛，我就很害怕和別人接觸，漸漸連出門都感到畏懼。我知道自己造成了家人的困擾，也知道自己必須趕快去找新工作，但我還是無法踏出家門。」

「這……一定很痛苦吧？」

「是啊……」

夏夢在門外聽到爸爸快哭出來的聲音，自己也快哭了。

這時，紅子老闆娘語氣開朗的說：

「我今天來找你，果然做對了。關瀨先生，你幫了我很多忙，我一直希望可以答謝你……你應該已經了解本店的情況，我可以送你本店的商品，解決你目前的困難。」

紅子說話的聲音變得很甜美，像砂糖一樣甜蜜輕柔，就連在門外偷聽的夏夢也感到心跳加速。同時，她覺得這是個大好機會。

「錢天堂」的商品可以實現客人的願望，夏夢買到「識人儀」後，也實現了心願。

啊啊，希望爸爸趕快回答老闆娘的問題。像是想要治好心病，或是想要找到理想的新工作，不是有很多願望嗎？

沒想到，爸爸竟小聲的嘟囔：

「我沒有……任何願望……」

「是嗎？根據我的觀察，你目前似乎遇到很多難題，恕我失禮請教，你家的經濟狀況是不是也出現了問題？」

「……」

「既然這樣，我相信這款商品對你有幫助。」

「這是什麼？」

「這是名為『仿仿錢』的商品，如你所見，它是很像錢的玩具，你可以使用『仿仿錢』買東西，無論再貴的東西都可以買。」

「但是，不是會有副作用嗎？」

「巨大的力量或是神奇的能力都會有副作用。『仿仿錢』的副作用，就是當使用者賺到錢的時候，必須把之前買東西花的錢，全都還給店家。只要能夠遵守這件事，即使現在沒錢，也可以買到想要的東西。」

「既然這樣，那就和信用卡一樣。」

「對，但是使用『仿仿錢』不會有利息，也不會有還款期限，比信用卡更好用。」

「不用了，我不需要。」

聽到爸爸頑固的拒絕，夏夢忍不住火冒三丈。

「仿仿錢」不是很棒嗎？有了「仿仿錢」，媽媽就不需要那麼辛苦的去上班，只要不為錢的事情煩惱，家裡的氣氛就會好起來。

夏夢再也忍不住了，她用力推開了門。

爸爸和紅子老闆娘面對面坐在房間內。紅子老闆娘手上拿了一疊灰色長方形的玩具紙鈔，看起來和真的鈔票一模一樣，夏夢看到那些寫了「仿仿錢」的玩具，內心想要得不得了。

這種興奮的感覺太熟悉了，夏夢第一次看到「識人儀」的時候，也有這種感覺，這代表他們現在真的很需要「仿仿錢」。

坐在床上的爸爸，看到夏夢衝進房間，驚訝得站了起來。

「夏夢？」

「爸爸，你趕快收下，收下來絕對比較好！我剛才一直在門外聽你們說話，你趕快收下『仿仿錢』，這樣一切都會好起來！」

爸爸立刻皺起了眉頭。

「夏夢，這可不行。」

「爸爸！」

「真的不行……爸爸最怕期待一切都會好起來，最後卻又希望落空的感覺。」

爸爸露出害怕的眼神看著紅子。

「說實話，我也想重新站起來。只要我不質疑教授做的事，就可以繼續留在研究所。在研究所工作很有成就感，薪水也很高，只不過我已經無法回到那裡工作了，也害怕相信別人……我也無法相信你，我不想再和『錢天堂』有任何瓜葛，也不想再有任何不切實際的希望和期待。」

爸爸無力的說完這番話，從書桌抽屜拿出一張小卡片，交給紅子老闆娘。

「這個給你。」

「這是什麼？」

「這是研究所的門禁卡，有了這張門禁卡，就可以自由出入研究所的心臟地帶……我在辭職時偷偷帶走了門禁卡，因為當時我做好了最壞的打算，如果你不採取行動，就必須由我阻止那個研究所繼續胡作非為。請你收下這張門禁卡，我相信它一定可以發揮作用。然後……請你別再管我了。」

夏夢氣得快昏倒了。爸爸是不是只想到他自己？如果他考慮到家人，一定會收下「仿仿錢」。

「爸爸是大傻瓜！」夏夢大聲叫喊後，衝出爸爸的房間，然後直接跑出家門。她很懊惱也很難過，內心更是煩悶不已，眼淚撲簌簌的流了下來。

這時，她聽到了開門的聲音，紅子老闆娘從她家裡走了出來，但是老闆娘沒有馬上離開，而是站在夏夢身旁，平靜的對她說：

「你爸爸說的話也沒有錯，很多人一旦想要仰賴方便的能力，反而會失去重要的東西。你爸爸比任何人更清楚了解這件事。」

「即使這樣……他也不需要說那種話，而且只要好好使用，大家都可以得到幸福啊。請問……」

夏夢雖然覺得很難為情，但她還是鼓起勇氣問紅子老闆娘：

「我可以代替爸爸收下剛才的『仿仿錢』嗎？」

「不行喔。」

紅子老闆娘明確的拒絕，讓夏夢漲紅了臉。她很後悔自己問了這麼丟臉的問題。接著，紅子老闆娘對她笑了笑說：

「對了對了，我要還給你一樣東西。」

紅子說完，把手伸到夏夢面前。她柔嫩的手上拿著一個像是手錶的東西，但圓形錶面上沒有數字，只有「十」和「一」而已。

夏夢瞪大眼睛說：「這、這是『識人儀』！」

「沒錯，這是你之前購買的商品。」

「但是我之前……把這個給了爸爸，爸爸不知道帶去哪裡就沒再還給我。請問你是在哪裡找到的？」

「你沒必要知道這件事，但是我可以告訴你，這是本店的貓咪找到後帶回來的。」

「貓咪？」

「總之請你收好『識人儀』，這是屬於你的東西。而且，我相信你能夠妥善使用。」

紅子老闆娘用溫柔的聲音說完，輕輕把「識人儀」戴在夏夢的手腕上。

夏夢緊盯著「識人儀」，唯一的指針在「十」和「一」之間晃動著。

「我知道如何使用『識人儀』，但是紅子老闆娘特地說相信我能妥善使用，這句話是什麼意思？」夏夢感到不解。

當她抬頭想要問清楚時，紅子老闆娘已經消失無蹤了。夏夢感到不知所措，但還是走回家裡。爸爸正在客廳有氣無力的抱著頭。

「對不起。」爸爸一看到夏夢，就小聲對她說：「對不起，我知道『仿仿錢』的確對我們家有很大的幫助……對不起，全都怪爸爸。因為爸爸太軟弱，心靈太脆弱了，所以才會越來越不幸……夏夢，對不起。」

爸爸持續道歉，看起來很無助，夏夢也感到很難過。當她回過神時，才發現自己已經跑向爸爸，並且緊緊抱住了他。

「爸爸，不是你的錯，這完全不是你的錯。媽媽也說過你只是太善良，辭去工作也是正確的決定，還說如果你繼續留在研究所，真的會出問題。」

「夏夢……」

「但是我覺得爸爸不能繼續這樣下去，所以這個借給你。」

夏夢說完，便把「識人儀」從手腕上拿下來，戴在爸爸的手腕上，爸爸看了大吃一驚。

「這、這是……」

「這是我的『識人儀』，是紅子老闆娘還給我的。雖然爸爸說『錢天堂』的商品很可怕，但是我覺得只要正確使用，根本沒什麼好怕的。你可以先戴上這個出門，然後再找工作。只要使用『識人儀』，就可以知道對方是對自己有幫助的人，還是會傷害自己的人，我想這樣就可以慢慢不再害怕別人了。等到爸爸覺得自己沒問題了，不再使用『識人儀』就好。」

「但是我還是對使用『錢天堂』的商品……」

「爸爸是不是覺得太方便反而很危險？但是你想一想，當我們受了重傷需要復健，不是也會使用很多輔助工具或是吃藥嗎？這個東西也一樣，我覺得遇到困難，使用方便的工具並沒有錯。」

爸爸聽了夏夢的話，好像突然被點醒般眨了眨眼睛。

夏夢注視著爸爸，心想：「拜託，拜託了，希望我說的話能夠打動爸爸。」

長時間的沉默後，爸爸輕輕嘆了一口氣。

「這樣啊……你說得對，原來也可以這麼想……好，那你的『識人儀』就先暫時借我用一下。」

「嗯！謝謝、謝謝爸爸！」

「不，我才應該道謝。夏夢，對不起，讓你為爸爸擔心了。」

爸爸緊緊抱著夏夢，夏夢已經很久沒有感受到爸爸的溫暖懷抱了。她高興得不得了，忍不住露出笑容。

所有情況都會慢慢好起來。或許會花一點時間，但是問題一定會逐漸改善。等媽媽下班回家，一定要馬上把這件事告訴她。

夏夢深深體會著內心的喜悅，用力抱緊了爸爸。

關瀨夏夢，八歲的女孩。之前購買的「識人儀」，被爸爸和彥交給了六條研究所。紅子造訪關瀨家，準備將「仿仿錢」送給和彥時，順道把「識人儀」交還給她。

8 數位派

夜深人靜，一個人影悄悄走向一棟已經熄了燈的巨大建築物。

那個人就是「錢天堂」的老闆娘紅子。黑貓墨丸也在她身旁，緊貼著她的身體向前走。

紅子來到建築物門口，從懷裡拿出一張門禁卡插了進去。門口的紅燈立刻轉為綠燈，隨即聽到「喀答」一聲，門鎖解開的聲音。

紅子和墨丸立刻溜了進去。建築物內一片昏暗，只有最低限度

的照明，只能隱約看到走廊和門。

但是紅子和墨丸步伐堅定，接連用門禁卡打開好幾道門，一直走向深處。

最後，她們終於來到了目的地。

那個房間是整棟建築的心臟——主機室。無比寬敞的房間內，有一大半的空間都放著電腦，還有好幾個像黑色冰箱的儀器，上頭閃爍著各種顏色的光。

這時，紅子終於開口說：

「研究員拚命蒐集來的『錢天堂』資料，和根據這些資料研發的冒牌零食數據都儲存在這裡……我們得趕快行動，做該做的事。」

紅子小聲嘀咕後，朝位在深處的儀器走了幾步。

就在這時，地面突然發出無數道紅色光線包圍了紅子和墨丸，她們頓時就像被關在牢房內。

紅子大吃一驚，隨後聽到一個宏亮的聲音。

「喔喔，我勸你們最好不要隨便移動，這些雷射光線的威力可是很強的。」

昏暗的房間立刻變得燈火通明，而且不僅房間內的燈光亮起，就連電腦也同時發出「嗡嗡」的聲音開始運轉，各種開關「啪嘰啪嘰」紛紛打開，簡直就像整棟建築都從沉睡中甦醒過來。

墨丸「嗚呀」的叫了一聲，紅子把牠抱起來，看向聲音傳來的方向。

一個有點年紀的男人站在那裡，他穿著白袍，長相很紳士，而且看起來知書達禮，雙眼卻因為冷酷的喜悅而發亮。

紅子靜靜的問他：

「你就是六條教授嗎？」

「沒錯，你就是『錢天堂』的老闆娘紅子吧？終於見到你了，我真是高興，也深感榮幸。」

「不好意思，我一點也不覺得高興，也不覺得榮幸。我沒想到你竟然還準備了這種陷阱，真是費盡心機啊。」

「哼哼哼，因為我無論如何都想抓到你，而且我預想你差不多也該親自來這裡了，我真是料事如神。叛徒關瀨去找你這件事，也在我的意料之中。哼哼，哈哈哈！」

六條教授似乎忍不住發出笑聲，紅子則像貓一樣瞇起眼睛。

「原來是這樣，我終於了解你不是等閒之輩這件事了。」

「你也不遑多讓……紅子老闆娘，你不是人類吧？」

六條教授的聲音變得異常冰冷。

「我追溯了紀錄，發現古書中提到好幾次跟你很像的人物，而且最古老的紀錄竟然是在室町時代（注）。紀錄中提到『擁有一頭雪白頭髮的女子，高大入雲霄，四處賣奇怪零食』。紅子老闆娘，你到底是何方神聖？」

「……」

「算了，你不回答也沒有關係，反正我會仔細調查清楚。我會在你身上做各種實驗，絕對可以獲得很多有趣的數據。」

「哎喲，原來你要拿我來做實驗。」

「對，我會澈底調查你，因為你不是人，所以無論我對你做什麼，別人也無法指責我不人道……你會一直活在這個研究所裡，然後為我效命。」

六條教授的聲音和表情完全失去了紳士風度，反倒流露出強烈的仇恨。

紅子絲毫沒有被他嚇到，而是開口反問：

「我可以請教你一個問題嗎？你為什麼這麼恨我？為什麼這麼恨『錢天堂』？」

「……」

「曾經買過本店商品的客人，我都記得他們的長相，但是我完全不記得曾經見過你。我想要知道，我們素昧平生，你為什麼對我恨之入骨？」

六條教授突然笑了起來。

「你說得沒錯，我從來不曾向『錢天堂』買過任何東西，但是我和這間店並不是毫無關係。五十七年前，曾經有一個男人走進了『錢天堂』，那個男人很有野心，當時他的兒子剛好出生，於是他無論如何都想讓自己的兒子成為天才。『錢天堂』內剛好有『天才西打』這種商品……你應該不難猜到之後的情況。」

「那個人買了『天才西打』，但不是給自己喝，而是給了他的兒子喝嗎？」

「你猜對了。我就是那個兒子，因為喝了『天才西打』，成為公認的天才而聲名大噪……我無所不能，十歲時，無論是任何外語，只要花上一個星期就能精通；別人解不開的算式，對我來說根本只是遊戲。我有很多發明，也因為這些發明的專利而財源滾滾，我的父親也如願以償了。」

六條教授說到這裡，用力皺起了眉頭。

「但我父親是個混蛋，他澈底利用兒子，卻開始嫉妒兒子。」

「嫉妒？」

「他對我大吼，說我並不是靠自己的實力變成天才，而是因為他才能變成天才，然後告訴我『天才西打』的事……。你不可能了解，當我得知自己是人工打造出來的天才有多麼震驚，同時又感到多大的屈辱。」

即使他用冒著怒火的雙眼瞪著紅子，紅子仍然泰然自若。

「我搞不懂一件事。無論是基於任何理由，你都獲得了才華，也因此得到了名聲和金錢，你不認為這是幸運，這是你個人的選擇。」

「哼！我就猜到你會說這種話，說什麼『錢天堂』的客人要自己選擇幸運或是不幸，但是這種想法很危險。事實上，有好幾個客人

ネオ酎

都遭遇了不幸。『教主夾心巧克力』、『稻荷仙貝』、『無底洞魷魚』、『萬人迷麻糬』……」

六條教授接連說出各種零食的名字，紅子滿臉無奈的輕輕嘆了一口氣。

「原來你真的澈底調查了本店的事。」

「當然啊，正因為我澈底進行了調查，才能明確的告訴你，不能再讓你和你的柑仔店繼續無法無天，要避免這個世上出現更多的犧牲者。」

「犧牲者……」紅子露出銳利的眼神，接著說：「你說話真是太沒禮貌了。如果你要說這個，那你們四處發放『錢天堂』的冒牌零食又是怎麼回事？你們的零食才是充滿惡意。」

「那是不得已的做法，為了讓你自投羅網，無論如何都必須這麼做。雖然那些吃了零食的人可能會發生悲慘的遭遇，但這都是為了創造更美好的未來。他們了解事實後，應該也會接受。」

六條教授厚顏無恥的說完這番話，突然拍了拍手。剛才不知道躲在哪裡的研究員，開始紛紛走進主機室。

「你們把這位客人帶去特別室，千萬不可怠慢，因為這位是要長期住在研究所的重要客人。」

研究員聽了教授充滿諷刺的話，頓時哄堂大笑。但是也有幾個人沒有笑，他們看起來臉色蒼白。

像是研究員矢萩，此時他正努力克制著渾身不舒服的感覺。這幾天，他的身體狀況很差，而且只要來到研究所，狀況就更加惡化。他心跳加速、喘不過氣、渾身發冷，只要坐在電腦前，雙手就會發抖，根本無法工作。

同事木俣和小熊也出現了相同的症狀，所以很可能是感冒了。即使身體不舒服，矢萩還是硬撐著來上班。六條教授的計畫進行順利，據說教授鎖定的獵物很快就會出現，他無論如何都不想錯過捕獲「錢天堂」老闆娘的瞬間。

所以今天晚上，矢萩也拖著疲憊的身體來到研究所，透過監視器觀察主機室的情況。

他看到老闆娘不明就裡的潛入研究所，被困在雷射的陷阱中。

接著，教授拍了手，這是示意大家去主機室的暗號。

矢萩跟著其他同事一起走進主機室，立刻發覺渾身不舒服的情況到達了頂點，症狀和以前簡直無法相比。

這次他甚至想要嘔吐，而且當他忍耐的時候，嘴裡出現了一股杏仁和鳳梨的味道。矢萩很熟悉這個味道，幾天前，放在休息室的杏仁奶油派就是這個味道，派上的切片鳳梨看起來就像是齒輪，感覺很時尚。木俣和小熊好像也吃了那個派。

矢萩茫然的想起這件事，立刻又覺得這種事根本不重要。

他感覺太不舒服了。不，是很害怕。矢萩露出驚恐的眼神，看向主機室後方的電腦。

「好可怕，電腦太可怕了。啊，不行，絕對不能讓這種東西繼續存在！」

矢萩的腦袋一片空白，陷入了恐慌。他覺得一切都無所謂了，內心湧起一股強烈的衝動：「我要把眼前的電腦全部砸爛！無論如何，我都要把電腦砸得稀巴爛！」

於是，矢萩衝上前去……

主機室裡，突然衝出一名研究員，接著又有兩個人衝了出來。三個人大喊大叫著，跑向後方的大型電腦，扯斷了電線，用椅子砸向電腦。電腦立刻冒出火星，發出「啪滋啪滋」的聲音，還到處散發出焦味。

其他研究員呆若木雞的看著這一幕，六條教授對著他們大吼：

「你們愣著幹麼？趕快阻止他們！」

其他研究員終於回過神，連忙上前阻止那三個人。

「木俁！你在幹什麼？」

「矢萩，趕快住手！」

「小熊，不要這樣！住手！」

但是那三個人力大無比，推開了想要制止他們的同事，繼續破壞電腦。

這時，其中一人跑向主機室深處，打開了牆上黑色箱子的門，裡面有一個很大的紅色按鈕。

六條教授頓時臉色大變，「不行！不可以碰那個！」

那名研究員不理會教授的叫聲，發出「嗚啊啊啊」的尖叫，然後用力捶向那個按鈕，把按鍵按了下去。

主機室內頓時響起驚人的警報聲，紅色的光芒籠罩了室內，電腦發出「咻咻咻」的聲音，並冒出黑煙，轉眼之間，煙霧就瀰漫了整個室內。

所有研究員臉上的表情都抽搐起來。

「慘了，他按了緊急狀況的自爆按鈕！」

「快逃，主機室要爆炸了！」

「啊啊啊啊啊！」

他們爭先恐後的奪門而出，正在破壞電腦的三個人好像也突然從夢中醒來，衝出了主機室。

主機室內只剩下紅子和墨丸，還有六條教授。

紅子在黑煙越來越濃的主機室內面對六條教授。

六條教授滿臉黑灰，頭髮凌亂，眼珠子都快凸出來了。他原本以為自己穩操勝券，所以無法相信眼前的狀況，最後，他擠出沙啞的聲音說：

「這是……你幹的好事嗎？你做了什麼？」

「幾天前，我曾派手下送了『錢天堂』的最新商品『數位派』過來這裡。」

「『數位派』？」

「對，在當今的時代，數位化持續發展，但是有很多人面對數位化浪潮束手無策，『數位派』就是適合這種人的商品。只不過對於原本就很擅長數位領域的人，這個派的效果會太強烈，反而讓他們陷入『數位恐慌』。」

「原來是這樣，我們的研究員都是十足的數位人，你就是利用這一點，才把什麼『數位派』送來這裡。」

「你說對了，對陷入『數位恐慌』的人來說，這個主機室就像地獄般可怕……他們當然會陷入恐慌。」

紅子說完，伸手抱起墨丸緩緩後退。不知道是不是因為破壞了電腦，所以雷射光線形成的牢籠也消失了。

「我勸你也趕快離開這裡，這個研究所撐不了多久。」

「臭女人！」

「希望你吸取教訓，不要再動『錢天堂』的歪腦筋，那就請你多保重嘍！」

一轉眼的功夫，紅子和墨丸就不見蹤影，彷彿消失在黑煙之中。只剩下六條教授，仍獨自站在警鈴聲大作的主機室內。

矢萩雅也，二十八歲的男人。六條研究所的職員，和兩名同事一起吃了放在休息室的「數位派」，完全不知道那是「錢天堂」送過去的……

注：日本史上的中世時期（西元一三三六～一五七三年），是武家政權興起，文學、藝術、建築、禪宗思想等各派文化盛行的時代。

番外篇　燒不盡的惡意

那天深夜，一個年輕男人接到一通來電。他揉著惺忪睡眼，接起了電話。

「喂？啊，教授。」

年輕男人瞪大了眼睛。

「發生什麼事了嗎？這麼晚打電話給我……啊！研、研究所？全都燒毀了？你有沒有受傷？這樣啊，被燒傷了……真是太慘了。

呃，有沒有我可以幫忙的事？是，那名少年還是老樣子……是，是，我了解，那我立刻著手進行準備。這件事就包在我身上，請教授專心接受治療。好，那就先這樣。」

男人掛上電話後不停嘀咕：

「研究所燒毀了……這代表計畫失敗了嗎？那麼完美的計畫竟然會失敗……話說回來，六條教授果然不是等閒之輩，已經事先研擬好下一個計畫以備不時之需。」

男人從書桌抽屜拿出一份厚實的檔案，翻到他想找的那一頁。

那一頁有好幾張照片，上頭寫了很多資訊，他仔細研讀了起來。

「話說回來，這個孩子真可憐，偏偏被教授盯上了，教授一定會充分利用他。不過我也沒有資格說別人，既然那個教授要好好教訓『錢天堂』，我當然也要兩肋插刀。」

男人充滿惡意的嘀咕著，他的名字叫藏木元彌……

「喵哈哈的每一天」2

小印的置物櫃

髒毛巾要記得拿去那裡喵。
呼—
先放在置物櫃裡，
晚一點再拿過去。
喵啊啊啊啊！
真受不了
咚砰
小印，這已經是第幾次了？

難分勝負

只有一塊蛋糕喵！
那我們來猜拳決定喵！
剪刀石頭布！
剪刀石頭布！
剪刀石頭布！
剪刀石頭布！
剪刀石頭布！
剪刀石頭布！
剪刀石頭布！
雙胞胎一直難分勝負。
喔～我想吃！

千針夾心巧克力

我新開發的零食「千針夾心巧克力」
沒有採納
居然不行！
我要大吃喵！
啊姆
啊，柿柿，你吃了這個……
刺刺的
腫腫的
如果說謊，就要吞一千根針。
嗚嗚……
我太慘了……

神奇柑仔店16
忍者薑片的正面對決

作　　者｜廣嶋玲子
插　　圖｜jyajya
譯　　者｜王蘊潔

責任編輯｜江乃欣
特約編輯｜葉依慈
封面設計｜蕭雅慧
電腦排版｜中原造像股份有限公司
行銷企劃｜林思妤

天下雜誌創辦人｜殷允芃
董事長兼執行長｜何琦瑜
媒體暨產品事業群
總 經 理｜游玉雪
副總經理｜林彥傑
總 編 輯｜林欣靜
行銷總監｜林育菁
主　　編｜李幼婷
版權主任｜何晨瑋、黃微真

出 版 者｜親子天下股份有限公司
地　　址｜臺北市104建國北路一段96號4樓
電　　話｜（02）2509-2800　傳真｜（02）2509-2462
網　　址｜www.parenting.com.tw
讀者服務專線｜（02）2662-0332　週一～週五：09:00~17:30
讀者服務傳真｜（02）2662-6048
客服信箱｜parenting@cw.com.tw
法律顧問｜臺英國際商務法律事務所・羅明通律師
製版印刷｜中原造像股份有限公司
總 經 銷｜大和圖書有限公司　電話：（02）8990-2588

出版日期｜2023年11月第一版第一次印行
定　　價｜330元
書　　號｜BKKCJ106P
I S B N｜978-626-305-579-7（平裝）

訂購服務
親子天下 Shopping｜shopping.parenting.com.tw
海外・大量訂購｜parenting@cw.com.tw
書香花園｜臺北市建國北路二段6巷11號　電話（02）2506-1635
劃撥帳號｜50331356　親子天下股份有限公司

國家圖書館出版品預行編目（CIP）資料

神奇柑仔店16：忍者薑片的正面對決／廣嶋玲子作；jyajya圖；王蘊潔譯. -- 第一版. -- 臺北市：親子天下股份有限公司, 2023.11
200面；17X21公分. --（樂讀456系列；106）
注音版
ISBN 978-626-305-579-7（平裝）

861.596　　112013873